Dorothea Müller · Als der Supermarkt noch Tante Emma hieß

Dorothea Müller

Als der Supermarkt noch Tante Emma hieß

Verlag O.W. Kreppes, Sahlenburg

Für Anna-Lisa

November 2002

Satz und Layout: Buch & medi@ GmbH, München
Umschlaggestaltung: Kay Fretwurst, Spreeau
Herstellung: Books on Demand GmbH, Norderstedt
ISBN 3-8311-4364-1

Als ich ein kleines Mädchen war, gab es überhaupt noch keinen Supermarkt, wo man kaufen kann, was und soviel man will und bezahlen kann.

Da gab es in unserem Viertel einen winzigen kleinen Laden, nicht viel größer als dein Kinderzimmer.

Im dunklen Flur standen Fässer mit Sauerkraut, Gurken oder Heringen.

Im Lädchen gab es Säcke mit Erbsen, Mehl und Zucker und ein Regal mit vielen Schubladen, die meistens leer waren, weil es in der Zeit nicht viel zu kaufen gab.

Für fast alles musste man Lebensmittelmarken haben. Und manchmal bekam man trotzdem nichts, weil nichts da war.

Der Laden gehörte einer kleinen, grauhaarigen Frau. Sie trug immer einen geblümten Kittel und hatte einen Bleistift hinter dem Ohr. Mit dem rechnete sie ruck – zuck zusammen, was man bezahlen musste.

Manche Leute ließen »anschreiben«, wenn sie kein Geld hatten. Dann wurden die Rechnungen in ein Buch eingetragen und später bezahlt, wenn wieder Geld da war. Manchmal gab es deswegen Ärger und die Erwachsenen schickten ihre Kinder zum einkaufen. Denn die Kaufmannsfrau hatte ein weiches Herz und gab den Kindern trotzdem etwas, auch wenn die Eltern die Rechnung nicht bezahlt hatten.

Tante Frieda und Tante Klärchen ließen zum Glück fast nie anschreiben. Ich hätte mich sonst nicht so gerne dort sehen lassen.

Ich ging gerne einkaufen und hörte zu, wenn die Erwachsenen miteinander sprachen. Obwohl ich vieles nicht verstand.

Noch lieber aber sah ich der Kaufmannsfrau zu, wie sie Zucker, Mehl oder Hülsenfrüchte in spitze, braune Tüten schaufelte, abwog und mit einer geschickten Handbewegung verschloss, bevor sie die Tüten auf die Theke legte.

Manchmal schenkte die Frau mir eine bunt gemaserte Zuckerstange, die ich ganz spitz lutschen konnte. Viel spitzer, als meine Freundin Doris das fertig brachte.

Wenn ich heute über die Kirmes gehe, sehe ich manchmal solche Zuckerstangen. Ich möchte gerne wissen, ob ich sie heute noch so spitz lutschen kann.

Einmal ist etwas passiert im Laden, das heißt im Flur.

Doch ich habe das erst ein paar Tage später erfahren. Da ist mir ganz schlecht geworden und ich wollte am liebsten nie mehr etwas essen.

Den Tanten durfte ich es nicht erzählen, weil ich es versprochen hatte.

Du weißt doch, im Flur standen die Fässer mit Heringen, Gurken und Sauerkraut.

Der Walter und der Klaus haben sich heimlich in den Flur geschlichen und in das Sauerkrautfass gepinkelt. Alle beide! Hinterher haben sie mächtig damit angegeben.

Ich konnte darüber überhaupt nicht lachen.

Denn mittags hatte es bei uns Sauerkraut gegeben.

Mit dem Essen hatte ich überhaupt oft Probleme. Steckrübeneintopf in Wasser gekocht schmeckte schrecklich. Von Löwenzahnsalat war ich auch nicht begeistert. Das war doch was für Kaninchen. Und erst die Brotsuppe!

Von Pizza, Pommes und Spaghetti hätte ich nicht einmal träumen können. So etwas kannte ich gar nicht.

Brechbohnen kannte ich auch nicht.

Das war schlimm. Schlimm für die Tanten, die so glücklich waren, dass sie welche bekommen hatten. Und für mich erst recht.

Denn an diesem Tag bekam ich die zweite Tracht Prügel meines Lebens.

Die erste hatte ich wegen der Kerzen bekommen.

Ich habe dir schon erzählt, dass ich die Erwachsenen oft nicht verstehen konnte.

Natürlich hörte ich was sie sagten, aber ich hörte die Wörter anders, als sie gemeint waren.

Zum Beispiel habe ich nie verstanden, warum die Leute weinten, wenn ein Soldat, der im Krieg war, gefallen war. Immer wenn ich fiel, und ich bin oft hingefallen, weil ich so schnell gerannt bin, bekam ich Ärger. Weil die Strümpfe kaputt waren, oder weil ich später keinen Mann abkriegen würde, wegen der Narben an meinen Knien.

Erstens war mir das egal und zweitens stimmt das nicht, wie wir heute wissen.

Das mit den Kerzen habe ich wirklich nicht gewusst. Sie haben immer »Wachskerzen« dazu gesagt. Das waren so Kerzenstummel, die sie gesammelt hatten, weil es keine Kerzen zu kaufen gab.

Ich wollte ihnen wirklich eine Freude machen, als ich alle angezündet habe. Weil sie wachsen und wieder richtig groß werden sollten.

Da habe ich zum ersten Mal was hinter die Ohren gekriegt.

Mit den Brechbohnen, das war gemein. Das hätten sie mir erklären sollen. Wie sollte ich wissen, dass sie so heißen, weil sie vor dem Kochen durchgebrochen werden? Ich hab was ganz anderes gedacht. Dass man davon brechen muss. Musste ich auch.

Aber vielleicht hatte das noch was mit dem Sauerkraut zu tun.

Als ich das erste Kaugummi und den ersten Schokoladenriegel bekam, war mir das nicht ganz geheuer.

Es waren amerikanische Soldaten, die eine Hausdurchsuchung bei uns gemacht hatten, die mir diese Dinge schenkten.

Mit dem Kaugummi kam ich schnell zurecht.

Während sie in unseren Sachen wühlten, hatten sie pausenlos auf diesem weißen Zeug rumgekaut. Das hab ich dann nachgemacht und kam mir dabei richtig groß und erwachsen vor.

Außerdem schmeckte das nach Pfefferminze. Den Geschmack kannte ich.

Mit dem Schokoriegel war das schon eine andere Sache.

Die braune Farbe sah so eklig aus. Wie … na ja, ich will Dir jetzt nicht den Appetit verderben.

Nach langem Zureden habe ich doch probiert: Lecker!

Von da an wusste ich, wie Schokolade schmeckt.

Wenn ich noch mehr über Schokolade gewusst hätte, wäre mir eine traurige Erfahrung erspart geblieben.

In der Schule bekamen wir manchmal »Quäkerspeise«. Dann mussten wir unser »Kochgeschirr« mitbringen. Das war ein olivgrüner Blechtopf. Dann gab es Haferschleimsuppe oder sonst was zu essen.

Manchmal gab es auch Kekse. Die durften wir mit nach Hause nehmen.

Einmal aber gab es für jedes Kind einen Riegel Schokolade. Den sollten wir aber sofort essen und nicht mit nach Hause nehmen.

Der Lehrer stand vorne am Pult und passte auf, dass wir die Schokolade nicht in den Tornister steckten.

Ich hatte ein besseres Versteck! Denn ich wollte den Tanten unbedingt etwas von der süßen Herrlichkeit mitbringen.

Als der Lehrer gerade nicht hinguckte, steckte ich den Schokoriegel blitzschnell in die Unterhose.

Du kannst Dir vorstellen, was für eine Schweinerei das geworden ist.

Seit der Zeit weiß ich, dass Schokolade nicht nur gut

schmeckt, sondern auch schmelzen und flüssig werden kann.

In meinen Geschichten erzähle ich immer von den Tanten. Du fragst dich sicher, warum ich dir nicht von meinem Papa und meiner Mama erzähle.

Mein Papa musste in den Krieg, als ich noch ein klitzekleines Baby war. Und meine Mama ist gestorben, als ich drei Jahre alt war.

Ich habe sie also beide nicht richtig gekannt.

Später, als ich schon fast zehn Jahre alt war, ist mein Papa aus der Kriegsgefangenschaft gekommen. Da brachte er eine andere Frau mit, die Mutti hieß.

Aber davon konnte ich damals noch nichts wissen.

Bei den Tanten war ich sehr gerne. Auch wenn es manchmal Missverständnisse gegeben hat, wie mit den Kerzen und den Brechbohnen.

Tante Frieda konnte prima malen und Geschichten erzählen. Sie hat mir schöne Bilderbücher gemacht.

Die habe ich heute noch, auch wenn sie schon ganz zerfleddert sind vom vielen Lesen.

Die Bilderbücher hat sie gemacht, weil es im Krieg keine Bücher zu kaufen gab.

Tante Klärchen konnte ganz toll nähen und stricken.

Sie hat alte Zuckersäcke aufgeribbelt und daraus etwas für mich gestrickt.

Das hat zwar ordentlich gekratzt, aber ich sah sehr schön aus.

Einmal hat sie mir aus einer alten Wolldecke einen

Mantel genäht. Da haben mich alle Leute angeguckt, weil ich so chic war.

Ich war sehr stolz auf meine Tanten. Und sie auch auf mich. Jedenfalls meistens.

Wenn ich fröhlich vor mich hin gepfiffen habe, haben sie immer gesagt: »Mädchen, die pfeifen und Hühnern, die krähen, soll man beizeiten den Hals herum drehen.«

Zuerst habe ich einen Schreck gekriegt. Aber dann habe ich schnell gemerkt, dass sie das nicht ernst gemeint haben. Ich habe aber auch gemerkt, dass es nicht ganz leicht ist, ein Mädchen zu sein.

Ich musste immer Röcke oder Kleider anziehen. Die waren beim Klettern ganz schön unpraktisch.

Klettern konnte ich prima. Ich konnte auf den höchsten Baum klettern. Nur leider nicht mehr runter.

Da hab ich mir vor Angst in die Hose gemacht.

Natürlich habe ich mir das nicht anmerken lassen. Ganz lässig bin ich oben in der Baumkrone sitzen geblieben und habe behauptet, dass ich es da oben so gemütlich finden würde.

Zum Glück hat mich der Manfred später runtergeholt. Der war schon groß und wohnte bei uns nebenan.

Dein Opa heißt ja auch Manfred. Als wir geheiratet haben, haben die Tanten gesagt, dass mich schon früher ein Manfred gerettet hat.

Ich hab das nicht ganz kapiert. Aber es sollte wohl ein Witz sein.

Die anderen Kinder haben nicht gemerkt, dass ich mich nicht runtergetraut habe. Die fanden es toll, dass ein Mädchen auf einen so hohen Baum klettern kann.

Ich musste das auch kein zweites Mal machen, weil ja nun alle gewusst haben, dass ich das kann.

Auch Weidenflöten konnte ich gut schnitzen.

Das hat mir der Karl beigebracht. Der war ein Vetter, obwohl er ganz dünn war. Heute heißt das Cousin.

Eigentlich konnte ich alles, was die Jungs konnten. Nur nicht über den Bach und an die Bäume pinkeln.

Ich habe das immer wieder geübt.

Die Tanten waren sehr besorgt. Sie dachten, ich hätte eine Blasenentzündung, weil meine Unterhose beim Üben immer nass geworden ist.

Ich habe begriffen, dass man zum Über-den-Bach-pinkeln einen Schnibbel braucht.

So hieß das Ding damals.

Ich finde das Wort heute noch gut.

Phallus oder Penis klingt doch viel zu großartig für so ein kleines Zipfelchen.

Ich weiß bis heute noch nicht, warum die Jungs sich Gott-weiß-was darauf einbilden.

Du weißt schon, dass es damals noch keinen Fernseher gab. Darum hatten wir viel Zeit zum Spielen. Keiner konnte sich blamieren, wenn er die neueste Fernsehsendung nicht kannte.

Es war wichtig zu wissen, in welchem Löschteich man Feuersalamander fangen konnte. Oder wo sich Kaulquappen und Stichlinge finden ließen, die wir in Marmeladengläsern nach Hause trugen. In welcher Buchenhecke die meisten Maikäfer krabbelten und in welchen Gärten Raupen in Kohlköpfen wohnten.

Die Raupen sammelten wir, setzten sie in den Rinnstein und versuchten, sie mit kleinen Stöckchen zum Wettrennen zu bringen.

Es gab keine Spielplätze mit Schaukeln, Wippen und Klettergerüsten.

Die ganze Welt war unser Spielplatz.

Wir schaukelten an den tief hängenden Ästen der Trauerweide, turnten an allen Teppichstangen und wippten auf einem alten Brett, das wir über Ziegelsteine gelegt hatten.

Auf den Straßen, auf denen nur ganz wenige Autos fuhren, spielten wir Völkerball, Hüpfekästchen, Fischer-wie-hoch-ist-das-Wasser, Mutter-darf-ich-reisen, oder sprangen mit dem Seil. Aus alten Konservenbüchsen hatten wir uns »Stelzen« gebaut. Damit liefen wir um die Wette.

Oft sahen wir dem Hufschmied zu, der die Pferde beschlug. Das prasselnde Feuer und der Geruch von verbranntem Horn, die wiehernden Pferde und die manchmal fluchenden Kutscher, das war einfach herrlich.

Auf der Wiese vor dem unbewohnten Forsthaus, wo die blauen Akeleien wuchsen, spielten wir Vater, Mutter und Kind.

Unsere Puppen waren dicke, braune Tannenzapfen, die wir in selbstgeflochtenen Körbchen zum Schlafen legten und mit Eichenblättern zudeckten.

Im Sommer setzten wir uns Kränze aus Gänseblümchen oder Löwenzahn ins Haar.

Einmal haben Rosi und Uschi den Korbstuhl ihrer Oma mit Blumen geschmückt. Die hatte am nächsten Tag Geburtstag.

Damit die Blumen nicht verwelkten, haben sie alle vier Stuhlbeine in Wassereimer gestellt.

Die Oma konnte den Korbstuhl nie mehr gebrauchen, weil er vom Wasser ganz aufgequollen und verzogen war.

Aber sie hat sich trotzdem gefreut.

Über den Fluss ließen wir kleine, flache Kiesel springen.

Die hüpften über das Wasser und machten viele, ineinander verschlungene Kreise.

Manchmal aber dröhnten plötzlich die Tiefflieger am Himmel.

Wir warfen uns auf den Boden, verschränkten die Arme über den Kopf und unser Herz klopfte laut vor Angst.

Wenn die Sirenen heulten, liefen wir in den Keller oder den Luftschutzbunker.

Oft war ich krank und die Tanten blieben an meinem Bett sitzen, hielten meine Hand und erzählten Geschichten, bis endlich die Entwarnung kam.

Es passierte, dass in der Nähe eine Bombe eingeschlagen war und die Häuser in Trümmern lagen.

Wir stiegen über verkohlte Balken und fanden in den Steinhaufen manchen Schatz. Einen Kamm oder einen Topf, der noch brauchbar war.

Tante Klärchen hatte mir einen kleinen Rucksack genäht. Sie steckte wichtige Papiere und ein paar Kekse hinein.

Die Tanten meinten, dass wir vielleicht flüchten müssten.

Vor dem Flüchten hatte ich riesengroße Angst. Nicht nur, weil ich dann meine Freunde und unsere Wohnung verlassen musste. Ein Flüchtling zu sein war genauso schlimm, wie katholisch zu sein oder rote Haare zu haben. In unserem Viertel lebten einige Flüchtlinge.

Einmal liefen wir durch die Straßen und riefen ihnen Schimpfwörter nach. Ich brüllte mit den anderen um die Wette.

Tante Klärchen war fuchsteufelswild, als sie mich dabei erwischte.

Sie hat mir klargemacht, dass es ganz schön blöd ist, einfach mit zu rennen und mit zu schreien. Und dass ich lernen sollte mein Gehirn einzuschalten, bevor ich den Mund aufmachen und »domm Tüüch« reden würde.

Sie ist so wütend gewesen, dass ich angefangen habe darüber nachzudenken.

Und ich glaube, ich habe bis heute noch nicht ganz damit aufgehört.

Die Tanten waren überhaupt anders als die Nachbarn. Sie kümmerten sich wenig darum was »die Anderen« sagten, meinten oder taten.

Sie machten sich ihre eigenen Gedanken.

Tante Klärchen hatte einige Jahre in Indien gelebt. Darum sah man es ihr auch nach, wenn sie etwas anders machte, als die Leute es gewohnt waren.

Von Tante Frieda weiß ich, dass ihre Mama ihr an ihrem zwanzigsten Geburtstag gesagt hat, sie soll sich auf den Hof stellen und ganz laut: Verstand komm, die Jahre sind da! rufen.

Ich glaube, das hat geholfen.

Die Tanten waren auch stark. Sie konnten Bäume fällen, Brennholz hacken, Trümmer aufräumen und Steine klopfen. Es ist sehr gut, wenn man bei klugen und starken Frauen aufwächst.

Sie haben auch nie geglaubt, dass Kinder dümmer als große Leute sind.

Ein paar Straßen weiter wohnten die Meiers. Die hatten zwölf Kinder (Das mit den Kindern stimmt wirklich, der Name nicht).

Die Kinder waren ganz verschieden. Die meisten waren sehr nett. Nur der Franz war ein Rüpel und die Erika eine blöde Ziege, fand ich.

Da konnte man doch wirklich nicht sagen, dass alle Meiers blöd waren. Nur wegen der Erika und dem Franz.

Das kapiert doch wohl jeder. Nur viele Erwachsene haben das nicht kapiert.

Die sagten: Die Meiers sind ein asoziales Pack! Oder: Die Zigeuner klauen Wäsche von der Leine.

Heute sagen sie: Die Türken ...

Oder: Die Asylanten ...

Oder: Die Arbeitslosen ...

Und viele Kinder plappern das einfach nach. So wie ich damals mit den Flüchtlingen.

Darum bin ich sehr froh, dass die Tanten mir die Ohren lang gezogen haben. Und mich rechtzeitig an meinen Verstand erinnert haben.

Jeden Tag waren wir mit sammeln, hamstern, organisieren oder tauschen beschäftigt.

Das mit dem Organisieren habe ich nie so ganz begriffen. Es bedeutete etwas besorgen, was man unbedingt brauchte, aber nirgendwo kaufen konnte. Organisieren konnten nur die Erwachsenen. Sie taten auch immer sehr geheimnisvoll damit.

Heute denke ich, dass das wohl nicht immer ganz astrein war, was sie da gemacht haben.

Tauschen war klar. Es ging allerdings nicht um Sammelbilder, Briefmarken oder den Inhalt von Überraschungseiern. Da tauschte man einen Regenmantel gegen einen Puppenwagen oder eine Hose für eine Bratpfanne.

Hamstern ging auch so ähnlich wie tauschen.

Die Erwachsenen packten sich den Rucksack oder einen Handwagen voll mit Dingen, die sie nicht unbedingt brauchten: Tischdecken, Bettwäsche, Silberbesteck, Pappkärtchen mit Gummiband, Knöpfe, Nähnadeln, Wolle und solchen Sachen. Damit gingen sie zu den Bauern und bekamen dafür Kartoffeln, ein paar Eier, Gemüse (Brechbohnen!) oder eine Scheibe Speck.

Die Tanten hatten nicht viel, was sie entbehren konnten. Darum gaben die Bauern uns auch kaum etwas, sondern schlugen uns die Tür vor der Nase zu.

Einmal hat Tante Klärchen deshalb vor Wut einen Pfirsich vom Baum geklaut. Der wollte mir aber überhaupt nicht schmecken.

Beim Sammeln konnte ich schon tüchtig helfen. Ich war recht fix wenn es darum ging, die Eierkohlen aufzusammeln, die aus dem Güterwagen gerollt waren. Oder mit einem alten Marmeladeneimer und einer Kehrschaufel in der Hand hinter den Pferdefuhrwerken herzulaufen, um darauf zu warten, dass die Pferde äpfelten. Dann schaufelte ich die noch dampfenden Kugeln schnell in meinen Eimer. Das war guter Dünger. Dafür bekam ich von den Leuten, die einen Garten hatten, Möhren oder Zwiebeln. Dann haben die Tanten sich gefreut.

Wenn die Taubnesseln blühten, zupfte ich Tausende der weißen oder zartrosa Blüten ab und brachte sie in die Apotheke. Dafür bekam ich ein oder zwei Bonbons geschenkt.

Im Sommer pflückten wir Himbeeren, Brombeeren, Waldbeeren und Heidelbeeren. Da musste man oft weit laufen und wissen, wo die guten Plätze waren. Denn die herrlichen Waldfrüchte waren bei allen Leuten sehr begehrt.

Am Abend dann gab es saftigen Waldbeerpfannkuchen, der Zunge und Zähne blau färbte.

Im Herbst suchten wir Pilze und Bucheckern. Die Bucheckern gaben wir an der Sammelstelle ab und bekamen dafür ein wenig Margarine.

Das schönste aber waren die Kartoffelfeuer, die wir am Feldrand anfachten. In die verglimmende Asche legten wir die Kartoffeln, die wir auf den schon abgeernteten Feldern gefunden hatten. Sie schmeckten köstlich, obwohl sie niemals richtig gar waren.

Dann kam auch die Zeit, wo wir Kürbisköpfe aushöhlten, Augen und Mundhöhlen hineinschnitten und einen brennenden Kerzenstummel hinein setzten.

An langen Stangen getragen, schaukelten sie schaurig schön durch die Dämmerung.

Nun dauerte es nicht mehr lange, bis der erste Schnee fiel.

So sehr ich die schönen Herbsttage auch immer genossen habe, so sicher brachten sie mich auch der Zeit näher, die ich aus tiefster Seele hasste: Die Zeit der Leibchen und langen Strümpfe.

Das war so schrecklich, dass man es kaum beschreiben kann.

Das Leibchen war ein ärmelloses Westchen aus Baumwollstoff, das man über dem Unterhemd trug. An beiden Seiten befand sich ein Knopf. Daran wurde ein breites Gummiband mit Knopflöchern gehängt, das durch die Unterhose geführt wurde.

Dann musste man die scheußlichsten, kratzigsten,

kackbraunsten gerippten langen Strümpfe anziehen, die du dir vorstellen kannst. Die hatten an der Seite auch einen Knopf, der in das Leibchengummiband eingeknöpft wurde. Zu allem Überfluss waren die Strümpfe an den Fersen und Knien auch noch gestopft. Wenn man Pech hatte, mit schwarzer oder fliederfarbener Wolle. Zu kurz waren sie sowieso. Außen zog das Gummiband sie hoch. Innen schrumpften sie Richtung Knie und ließen die von der Kälte blaurot gefrorenen Oberschenkel sehen.

Zum Glück sahen wir alle gleich blöd aus. Auch die Jungs. Die mussten auch ein Leibchen tragen, denn sie hatten auch im Winter kurze Hosen an, weil es nichts anderes gab.

Sollte ich einmal dem Erfinder der Strumpfhose begegnen, werde ich ihn für das Bundesverdienstkreuz vorschlagen.

Ein paar Jahre später gab es zum Glück Trainingsanzüge. Die waren von den Jogginganzügen, wie Du sie kennst, aber so weit entfernt, wie ein Flitzebogen von einer Mondrakete.

Aber immerhin hunderttausend mal besser als Leibchen und lange Strümpfe!

An meinen ersten Schulbesuch kann ich mich nicht mehr erinnern. Davon haben mir die Tanten erzählt.

Meine Mama hat damals noch gelebt, also kann ich noch keine drei Jahre alt gewesen sein.

Mit einem Bilderbuch unter dem Arm bin ich morgens in die Schule marschiert und erst am Mittag mit den Schulkindern wieder nach Hause gekommen. Meine Mama war schrecklich aufgeregt, weil sie mich am Vormittag stundenlang gesucht und nicht gefunden hat.

Den Lehrern und den Kindern hat mein Besuch gefallen.

Die kannten mich alle und haben auf mich aufgepasst.

Aber von der Sonntagsschule weiß ich noch ganz viel. Heute nennt man das Kindergottesdienst.

Da durfte ich immer hingehen, obwohl ich eigentlich noch viel zu klein dazu war und manches noch nicht verstanden habe.

Ich fand es ganz toll da, auch weil Gott so ein schönes Fahrrad hat. Die Tanten haben die Schwester Klara von der Sonntagsschule gefragt, wie ich denn darauf käme. Die Schwester Klara hat erzählt, dass sie über den Wochenspruch: »Des Herren Rat ist wunderbar« gesprochen hat. Da haben die Tanten gelacht.

Das fand ich auch nicht schlimm, dass die Tanten gelacht haben.

Einmal aber haben alle Kinder und Eltern über mich gelacht.

Da bin ich nie mehr in die Sonntagsschule gegangen.

Ich konnte nämlich gut Gedichte auswendig lernen und aufsagen. Wenn eine Feier war, haben die Erwachsenen mich auf einen Stuhl gestellt. Dann habe ich ein Gedicht aufgesagt und alle haben geklatscht.

Einmal habe ich das Gedicht vorher dem Onkel Rudolf aufgesagt. Der hat gemeint, dass ich das Gedicht falsch aufsage. Es würde nicht heißen: »Die Äpfel zum Kauen,« sondern »die Äpfel zum Klauen.«

Das habe ich dem Onkel Rudolf geglaubt.

Alle Leute haben ganz laut gelacht, als ich das mit den Klau-Äpfeln gesagt habe.

Da bin ich nie mehr hingegangen, weil ich mich so geschämt habe.

Später durfte ich endlich richtig in die Schule gehen.

Da hatte ich eine Schiefertafel und einen schönen, hölzernen Griffelkasten. Der weiße Tafellappen hing an einer Luftmaschenschnur aus dem Tornister und flatterte fröhlich im Wind, wenn ich den Weg zur Schule gelaufen bin. Die Schwammdose klapperte ihren Takt dazu.

Endlich durfte ich lesen und schreiben lernen! Dafür habe ich sogar das Rechnen in Kauf genommen.

In der Schule sah es ein wenig anders aus als heute. Der Lehrer saß an einem Pult, das erhöht auf einem Podest stand. Wir quetschten uns in enge Zweierbänke, die einen angeschraubten Holztisch hatten. In dem Tisch war ein Loch für das Tintenfass, denn wir hatten noch keinen Füller, sondern Federhalter.

Die Kinder im ersten oder zweiten Schuljahr schrieben mit dem Griffel auf der Schiefertafel. Das hat ganz schön gequietscht. Aber es war auch praktisch, weil man jeden Fehler ganz schnell auswischen konnte.

Wenn der Lehrer in die Klasse kam, mussten wir immer aufstehen und im Chor: »Guten Morgen, Herr Lehrer!« rufen. Auch wenn der Lehrer etwas gefragt hat, mussten wir uns hinstellen, bevor wir antworteten.

Der Lehrer hatte einen Stock. Mit dem hat er uns eins übergezogen, wenn wir mal faul oder frech gewesen sind. Heute dürfen die Lehrer die Kinder nicht mehr schlagen. Da müssen sie sich etwas anderes ausdenken. Aber das tut den Kindern vielleicht genauso weh.

Ich bin sehr gerne in die Schule gegangen.

Bei uns waren die ersten vier Klassen in einem Raum. Da konnte man als »I-Dötzchen« schon ganz viel lernen und viele interessante Sachen erfahren. Von Erdkunde oder vom Aufsatzschreiben zum Beispiel.

Ich durfte aber auch oft für den Lehrer einkaufen gehen oder Briefe zur Post bringen. Das war auch schön. Da konnte ich unterwegs beim Hufschmied vorbeischauen oder am Bahndamm einen Strauß Margariten pflücken. Die brachte ich dem Lehrer mit. Der hat sie in einem Einmachglas aufs Pult gestellt. Direkt neben den Stock.

Es gab auch Lehrerinnen. Die waren aber schon sehr alt. Wenn eine Lehrerin jung war und geheiratet hat, durfte sie nicht mehr unterrichten.

Ich weiß wirklich nicht, wer sich so einen Quatsch ausgedacht hat.

Einmal in der Woche war Badetag. Tante Klärchen holte die große Zinkwanne aus der Kammer und trug sie ins Zimmer. Dann machte sie viele Töpfe mit Wasser heiß. Wenn genug Wasser in der Wanne und die Temperatur richtig war, durfte ich hinein steigen.

Manchmal nahm ich einen Korken mit. Der schwamm auf dem Wasser wie auf dem großen Ozean. Mit den Händen machte ich Wellen und mein Mund blies den Sturm dazu.

Nach dem Baden hüllte mich Tante Klärchen in ein großes Badetuch, rubbelte mich ab und schmuste ein bisschen mit mir. Das war das Allerschönste.

Ein Badezimmer hatten wir nicht. Auch kein Klo.

Da gab es ein Holzhäuschen auf dem Hof mit einer großen, schweren Tür. In der Tür war oben ein Herz ausgesägt. Da kam ein bisschen Luft und ein wenig Licht rein.

In dem Häuschen war eine große Holzkiste mit einem Loch. Darauf lag ein Deckel.

Die großen Leute und auch die Kinder setzten sich auf das Loch und erledigten ihr Geschäft. Dann fiel oder floss alles in die große Jauchegrube, die sich unter der Kiste befand. Die Jauchegrube stank fürchterlich und es krabbelten blassweiße Würmer darin herum. Ich weiß das, weil ich es einmal gesehen habe. Da hab ich so laut gebrüllt und ein Theater gemacht, dass die Tanten mich nie, nie mehr auf das Plumpsklo geschickt haben. Da durfte ich immer aufs Töpfchen oder hinter die Büsche gehen.

Die Nachbarn haben den Kopf geschüttelt und gemeint, dass ich ein ganz eigensinniges und verwöhntes Blag wäre, und dass die Tanten mir den Hintern versohlen müssten. Aber die Tanten wussten schon, wie sie es richtig machten.

Einmal im Monat war Waschtag. Davon habe ich nicht so viel mitbekommen. Wir Kinder wurden immer weggescheucht, damit wir den Erwachsenen nicht im Weg waren.

Es gab Leute, die wuschen ihre Wäsche noch im Bach. Sie legten Laken und Bettbezüge auf die Wiesen, um sie von der Sonne bleichen zu lassen.

Die Tanten wuschen bei den Nachbarn in einer Waschküche. Da war alles voller Wasserdampf und die Tanten bewegten sich in dem Nebel wie Schatten.

Am Waschtag hatten sie immer rote, rissige Hände und keine so gute Laune.

Es war sehr anstrengend, ohne gutes Waschpulver und ohne Waschmaschine die Sachen sauber zu bekommen.

Wenn kein Waschtag war, wurden manchmal in der Waschküche Zuckerrüben zu Rübenkraut gekocht.

Das roch so komisch. Aber das Rübenkraut hat lecker geschmeckt. Auch wenn es immer vom Brot tropfte und mir den Arm runter gelaufen ist.

Einmal im Jahr war Urlaub. Einen ganzen Tag lang. Dann fuhren wir an den Rhein. Da haben wir große, runde Kieselsteine gesucht und im Fluss gebadet. Es war schön, im Rhein zu baden.

Heute kann man das nicht mehr machen, weil das

Wasser nicht mehr sauber ist und man zum Arzt gehen muss, wenn man mal aus Versehen in den Rhein fallen sollte. Daran kann man sehen, wie gefährlich es ist, wenn viele Leute nicht nachdenken und die Flüsse einfach verdrecken lassen.

Einmal im Jahr war auch mein Geburtstag. Die Tanten sparten schon lange vorher Lebensmittelmarken, damit sie mir eine Buttercremetorte backen konnten. Die war mit Margarine gemacht und statt Mandeln klebten geröstete Haferflocken darauf.

Dann haben wir mitten im Sommer am Nachmittag die Schlagläden zugemacht, damit keiner sehen konnte, dass wir so etwas Feines zu essen hatten.

Als der Krieg vorbei war, mussten wir die Torte nicht mehr heimlich essen. Da durfte ich meine Freundinnen einladen. Die Tanten haben weiße Bohnen in die Torte eingebacken. Wer eine fand, durfte sich ein Gedicht ausdenken oder bekam einen Preis.

Das war immer sehr lustig und wir haben viel gelacht.

Das allerschönste Fest aber war Weihnachten.

Das haben wir nicht am Heiligen Abend, sondern am ersten Weihnachtstag gefeiert.

Die Wochen vorher waren schon sehr geheimnisvoll. Manchmal lagen morgens ein paar Fäden Lametta oder eine goldene Walnuss auf dem Teppich. Es duftete nach Lebkuchen und Tannenzweigen.

Der Wäscheschrank war plötzlich verschlossen oder meine einzige Puppe war verschwunden.

In der Nacht nach dem Heiligen Abend konnte ich

vor Aufregung kaum schlafen. Schon im Morgengrauen war ich wach und wartete, dass die Tanten endlich aufstanden.

Und endlich war es so weit! In dem kleinen Tannenbaum leuchteten die Kerzen, während es draußen langsam hell wurde.

Vielleicht haben sich alle Weihnachtsfeste in meiner Erinnerung zu dem einen, unvergesslichen Fest vereint: Als ich meine Puppenstube bekam. Zwei kleine Zimmer mit winzigen Möbeln, Bildern an den Wänden und kleinen Gardinen vor dem Fenster. Wochenlang hatten die Tanten daran gebastelt. Und fast mein ganzes Leben habe ich mich darüber gefreut!

Dein Opa grinst immer ein bisschen, wenn wir abends auf unseren Berg fahren, die erleuchtete Stadt sehen und ich am liebsten anhalten möchte, um das Lichtermeer immer und immer wieder zu bestaunen.

»Ist das nicht herrlich?« frage ich ihn jedes Mal. Und weil er viel Geduld mit mir hat, bestätigt er mir immer wieder aufs Neue, dass es wirklich herrlich ist.

Die meisten Leute, vor allem die großen, halten mich für ein bisschen bescheuert, weil ich nicht mit dem Staunen aufhören kann.

Was ist an einer Stadt, deren Lichter in der Dunkelheit leuchten, schon besonderes?

Sie verstehen es nicht. Sie haben es nie erlebt oder vergessen, wie es damals war.

Damals, als ich ein kleines Mädchen war, war

Krieg. Damit die Flugzeuge uns in der Nacht nicht finden konnten, musste die ganze Stadt dunkel sein.

Keine Straßenlaterne brannte. Kein Fenster leuchtete in der Dunkelheit. Dicke, hölzerne Schlagläden wurden am Abend vor die Fenster geklappt.

Nur in sternenklaren Nächten war es nicht stockfinster.

Die Scheiben der Straßenbahnen und der Züge waren dick mit brauner Farbe zugeschmiert. Um am Tag ein wenig heraussehen zu können, kratzten wir uns kleine Gucklöcher frei. Man durfte sich bloß nicht erwischen lassen.

Abends durfte man nicht mehr aus dem Haus gehen.

Wir saßen in der Wohnung, erzählten uns Geschichten, spielten Mensch-ärgere-Dich-nicht oder sahen uns alte Fotoalben an. Es gab noch keinen Fernseher. Ein Radio oder einen Plattenspieler hatten wir nicht.

Manchmal nahm Tante Klärchen mich auf den Schoß, sang mir Lieder vor und erzählte von früher, als noch »Frieden« war.

Frieden musste etwas sehr Schönes sein, obwohl ich mir so recht nichts darunter vorstellen konnte.

Doch eines Tages hieß es: Der Krieg ist vorbei!

Und an dem Tag geschah das, was ich niemals vergessen werde!

Als es Abend wurde, stellte Tante Klärchen mir einen

Stuhl auf den Hof. Dort saß ich, als die Dunkelheit kam und das große Wunder geschah:

In der Stadt begannen die Lichter zu leuchten!

Hellgelbe Fenstervierecke erhellten die Nacht.

Straßenlaternen zauberten Lichtinseln in die Dunkelheit.

Und es war mir, als würden alle Lichter nur für mich strahlen.

Ich konnte mich nicht satt sehen.

Mein Bauch wurde ganz warm vor lauter Freude und Glück.

Weißt du, und genauso geht es mir noch heute.

Wenn ich unserer Stadt in der Dunkelheit leuchten sehe.

* * *

Liebe Anna-Lisa ...

... Dass »sich nah sein« nichts mit der Geografie zu tun hat, weißt du schon lange. Weil wir eben nicht mal schnell um die Ecke laufen können, um uns zu sehen.

Würden wir die Distanz zwischen uns messen, kämen ungefähr 400 km dabei heraus.

Das ist die eine Wahrheit.

Die andere aber ist, dass wir uns viel näher sind.

Darüber müssen wir nicht diskutieren, das wissen wir einfach. (Und wer das nicht versteht, dem nutzen auch alle Erklärungen nichts).

Zum Glück können wir uns Briefe schreiben, miteinander telefonieren oder uns ein fixes Fax schicken, wenn wir uns mal eine Zeit lang nicht sehen können.

Das ist gut so, weil wir so immer in Verbindung miteinander sind.

Als ich die Tanten verlassen musste, um mit meiner neuen Familie zu leben, hatte ich diese Möglichkeiten nicht. Nicht nur darum, weil wir weder Fax noch Telefon hatten, und ich auch kein Taschengeld bekam, von dem ich Briefmarken hätte kaufen können.

Die Erwachsenen hatten sich zerstritten.

Lange, lange Zeit durfte ich die Tanten nicht mehr besuchen, ihnen Briefe schreiben oder mich mit ihnen treffen. Dabei lebten wir in der gleichen Stadt.

Heute noch fällt es mir schwer darüber zu sprechen, weil es immer noch weh tut daran zu denken.

Doch damals habe ich etwas ganz Wichtiges begriffen:

Auch wenn ich mit den Tanten nicht sprechen durfte, habe ich mich mit ihnen unterhalten. Denn meine Gedanken und ihre Gedanken waren ganz eng miteinander verbunden. Keine Verbote konnten dieses Band zwischen uns zerstören. Das hat uns getröstet und hat uns geholfen, bis wir uns endlich wieder sehen konnten.

Da war ich schon fast erwachsen und habe mir nichts mehr verbieten lassen.

Später haben sie auch noch den Opa kennen gelernt und deine Mama und den Frank. Das hat sie und mich glücklich gemacht.

Heute sind sie schon viele Jahre tot.

Aber das war ein anderer Abschied, auch wenn ich darüber sehr traurig war. Denn sie sind immer noch sehr lebendig für mich. In meiner Erinnerung.

Nichts und niemand kann mir die wegnehmen …

* * *

… Also, ich finde das Wort »Selbstfindung« einfach blöd!

Auch wenn jetzt Tausende auf mich einprügeln möchten. Nämlich all die, die sich aufgemacht haben, sich selbst zu finden.

Vor allem finde ich es merkwürdig, wo überall danach gesucht wird. Als wäre das Selbst irgendwo versteckt wie ein Osterei.

Dann frage ich mich, ob all die Selbstsucher bis zur Selbstfindung Selbst-los sind?

Den Eindruck habe ich aber nicht.

Verdächtig oder fast schon unheimlich finde ich, wie eifrig sie nach sich selbst suchen.

Haben die einfach keine Angst, sie könnten sich finden und mächtig erschrecken???

Hilfe! Ich habe mich gefunden! Wie kann ich mich wieder los werden?

Ruft das niemand?

Hört sich das nur in meinen Gedanken so laut an?

O je, jetzt flattert wieder mal mein Selbst durch das Zwerchfell. Kichert es etwa?

Lach nur, ich werde dich nicht suchen, Selbst.

Ich bin dir schon lange auf die Schliche gekommen …

* * *

… Wer für alles offen ist, kann nicht ganz dicht sein!

Ist doch logisch, oder?

Darum weigere ich mich auch strikt, für alles offen zu sein.

Denn erstens ist das dummes Geschwätz mit der allumfassenden Offenheit und zweitens unmöglich, wenn man sich das mal bildlich vorstellt. Da käme ich mir so löcherig vor, wie ein Schweizer Käse mit all den Öffnungen für Tausende von Meinungen und Überzeugungen, Ansichten und Einsichten, Moralvorstellungen und sonst was, die da in mich reinfließen würden. Da könnte ich bestimmt nicht mehr gerade stehen vor lauter Offenheit.

Nee danke, das wäre mir eine viel zu wackelige Angelegenheit.

Da mach ich lieber mal dicht, bleibe fest auf meinem Stand-Punkt stehen und sehe erst mal in Ruhe in die Runde. Die Ohren aufzumachen und das Gehirn einzuschalten, kann dabei nicht schaden.

Das gibt mir Zeit zu überlegen, ob ich meinen Stehplatz verlasse, ein paar Schritte mache, um mir die Angelegenheit mal aus einer anderen Richtung anzusehen.

Das kann sehr interessant sein, weil man möglicherweise dann ein völlig anderes Bild sieht.

Ich finde das immer wieder spannend, Blickwinkel und Standpunkt zu verändern. Wie in einem Spiel. Ich kann wieder zurück gehen oder auch nicht.

Manchmal gefällt mir die neue Ansicht besser, manchmal der alte Platz.

Beweglich sein, das ist es.

Die Offenheit kann man woanders besser gebrauchen …

* * *

… Du verkleidest dich gern.

Das lieben alle Mädchen. Ich jedenfalls habe das früher auch gerne gemacht und Prinzessin oder Dame gespielt.

Da sind wir auch schon gleich mitten im Thema.

Du und ich (und viele andere natürlich auch) wissen, dass wir spielen.

Das macht viel Spaß, auch wenn uns klar ist, dass wir keine richtige Prinzessin sind und niemals werden.

Das mit der Dame kann man vielleicht noch hinkriegen, obwohl ich es bis heute nicht geschafft habe.

Nun bin ich im Laufe meines Lebens vielen Leuten begegnet, die mit dem Verkleidungsspiel ernst gemacht haben.

Jetzt meine ich nicht den Polizisten, der sich seine Uniform anzieht und schlagartig vergisst, dass er doch der Karl-Heinz ist, der seinen Schrebergarten liebt. Obwohl das auch schon schlimm genug ist, wenn der Mensch Karl-Heinz ruckzuck verschwindet, wenn er sich sein grünes Jäckchen anzieht ...

Ich meine die anderen Typen, die sich »mit fremden Federn schmücken«, wie man so schön sagt.

Da hat einer vielleicht einen Ururopa gehabt, der ein berühmter Seefahrer war, von dem man sogar im Geschichtsbuch lesen kann. Und dann denkt der Ururenkel, dass er auch der Herr der Meere ist. Dabei hat er sogar beim Tretboot fahren Schiss, weil er nicht mal schwimmen kann!

Jetzt darfst du nicht glauben, dass das nur Männern passiert, bloß weil ich die als Beispiel genommen habe.

Frauen können das genauso gut, manchmal sogar noch besser.

Früher konnten sie einen Arzt heiraten und schon waren sie die »Frau Doktor«. So einfach war das.

Da könnte ich dir noch viele Beispiele geben, aber ich will dir ja nicht das Denken abnehmen.

Nur soviel noch, kurz und deftig:

Wenn ich einen Pferdeapfel mit Zuckerguss überziehe, wird noch lange kein »Berliner« daraus.

Es lohnt sich also, genau hinzusehen ...

* * *

... Mit der Bescheidenheit ist das so eine Sache.

Mehr als einmal in meinem Leben bin ich Leuten begegnet, die waren so selbstlos, dass sie immer das größte Stück Fleisch und den besten Platz am Tisch bekommen haben.

»Ach, nehmt auf mich keine Rücksicht ...« ist ein beliebter Spruch bei ihnen.

Damit erreichen sie – in aller Bescheidenheit – dass sich jeder ein Bein ausreißt, um es der betreffenden Person bequem und gemütlich zu machen.

Ganz schön raffiniert, was?

Natürlich bekommt man ordentlich Lust, sie mal beim Wort zu nehmen und die Rücksichtnahme wirklich zu vergessen.

Aber wer traut sich das schon?

Ich jedenfalls höchst selten.

Da strecke ich lieber meinen hilfreichen Arm aus und lasse mir das ganze Bescheidenheitspaket dranhängen. Und bin stinkesauer – auf mich!

Weil meine Samariter-Qualitäten immer wieder durchbrechen, wenn ein ach so bescheidener Schmarotzer vor mir aufkreuzt.

Dabei gehöre ich bestimmt nicht zu den Menschen, die nicht »nein« sagen können. (Es soll sogar das erste Wort gewesen sein, das ich fehlerfrei aussprechen konnte.)

Die »Nicht-nein-sagen-Könner« sind, meiner Erfahrung nach, mit den Bescheidenen eng verwandt.

Das ist eine ganz ähnliche Masche, um seine Bedürfnisse knallhart durchzusetzen.

Auch sie werden immer geschont und verhätschelt, weil sie einem so perfekt ein schlechtes Gewissen verpassen können!

Eine wirklich »anständige« Portion Egoismus ist nicht nur für einen selbst hilfreich, sondern macht auch den lieben Mitmenschen das Leben leichter …

* * *

… Sag mal, ist das wirklich so wichtig, ob du einen Einser oder einen Zweier im Test hast?

Oder wenn die Zensur ein kleines Minusschwänzchen hat?

Musst du dann wirklich so unzufrieden mit dir sein?

Wer ist das kleine Ehrgeizteufelchen in dir, das immer mit Höchstleistungen gefüttert werden will?

Setz es mal eine Zeit lang auf Diät, das wird bekömmlicher sein!

(Hast du mir nicht von Sören erzählt, der immer Einser hat und sich gar nicht mehr darüber freuen kann?)

Ich weiß, dass ich mich mal sehr über einen Mathe-Vierer im Zeugnis gefreut habe. Weil das die beste Zensur war, die ich in diesem Fach erreichen konnte.

Man kann noch so toll, hübsch und erfolgreich sein.

Immer gibt es jemanden, der ist schöner, intelligenter und noch erfolgreicher.

Man kann drei Millionen Euro besitzen. Es gibt garantiert jemanden, der hat drei Milliarden.

Man kann sich noch so abstrampeln, einer hat immer schon gewonnen. Wie in der Geschichte mit dem Hasen und dem Igel.

Nein, ich will nicht den kleinen Faulpelz in dir wecken.

Es würde auch mir nicht gefallen, wenn er sich breit machen würde. Denn ich wünsche mir sehr, dass du all deine Möglichkeiten nutzt.

Dass du so weit springst, wie du kannst. So schnell läufst, wie es möglich ist. So gute Noten hast, wie du gerade erreichen kannst. So toll tanzt und so erfolgreich reitest, wie es geht.

Nicht die Beste zu sein, sondern das Beste zu geben ist wichtig!

Dann kommt die Zufriedenheit von ganz allein, und du kannst dich von Herzen über jede Leistung freuen …

* * *

… Vor ein paar Tagen hast du gemeint, du wärest oft dumm.

Ich habe dir geantwortet, dass das ein Zeichen von Intelligenz sei, sich oft unwissend zu fühlen.

Da tanzten in deinen Augen viele Fragezeichen.

Es freut mich immer, wenn ich spüre, wie groß der

Schatz deiner Fragenzeichen ist. Oder wenn du einem gehörten Satz ein »ja, aber ...« anfügst.

Wenn jemand ein gut funktionierendes Gedächtnis hat, ist es keine große Leistung, sich ein paar Dinge zu merken. Die Hauptstadt von Mauritius zum Beispiel oder wann Karl der Große gelebt hat.

Mit Intelligenz hat das aber wenig zu tun. Und mit Denken schon gar nichts.

Es ist schon eine merkwürdige Angelegenheit festzustellen, dass man, je mehr man weiß, sich seines Wissens immer unsicherer wird.

Aber eigentlich ist das ganz logisch.

Denk mal an die Schneeflocken, die an Wintertagen vor deinem Fenster wirbeln. Wie viele unterschiedliche Kristalle sie bilden.

Je mehr man davon gesehen hat, desto schwerer fällt es, das Aussehen einer Schneeflocke zu beschreiben.

Wenn ich mir einen Vortrag über Atomphysik anhören würde (das mache ich aber bestimmt nicht) und jemand zum Schluss von mir wissen wollte, ob ich noch Fragen hätte, würde mir keine einfallen.

Einfach darum, weil ich nichts kapiert hätte.

Wenn man keine Ahnung hat, kann man nichts fragen.

Man glaubt leicht, wenn einer nichts fragt, hätte er alles verstanden.

Das Gegenteil ist der Fall!

Also, fühlen wir uns ab und zu ruhig ein wenig dumm.

Ich glaube, wir sind da in guter Gesellschaft …

* * *

… Als du mich gefragt hast, was »relativ« bedeutet, konnte ich es dir kurz und knapp erklären:

Zwei Haare auf dem Kopf sind wenig – zwei Haare in der Suppe sind viel …

Das war also relativ einfach.

Mit anderen Fragen und Dingen ist es etwas komplizierter. Nicht nur relativ, sondern tatsächlich.

Bei der Suppe fällt mir doch gleich noch etwas ein. Manchmal findet man schnell »ein Haar in der Suppe«.

Jetzt meine ich nicht das, was der Opa angeekelt auf dem Tellerrand ablegt. Sondern das Haar, von dem der Volksmund spricht. (Isst der Volksmund etwa auch Suppe?)

Du siehst, jetzt wird es schon haarig, ich meine schwierig.

Nun habe ich fast den Faden verloren … ach ja, das Haar in der Suppe.

Manche finden immer eins, das heißt, sie haben immer etwas auszusetzen. Das geht so weit, dass sie manchmal die Suppe nicht mehr erkennen, weil sie sich nur auf das Haar darin konzentrieren.

Ganz schön verrückt, so was.

Die Suppenblinden (diesen Ausdruck habe ich jetzt mal erfunden) merken das aber überhaupt nicht. Sie merken nur, dass sie immer schlechte Laune haben.

Löffeln wir also unsere Suppe aus.
Auch wenn es einmal haarig wird …

* * *

… Es kommt auf die inneren Werte an!«

Diesen Spruch habe ich mir früher immer wieder anhören müssen. Meistens dann, wenn ich die altmodischen Klamotten von irgendwelchen Verwandten auftragen sollte und mich die anderen Kinder deswegen ausgelacht haben. Das mit dem Auslachen war schon nicht angenehm, aber wenn die Mädchen nicht mit mir spielen wollten, weil ihnen mein Aussehen peinlich war, das war wirklich schlimm.

Die Jungs waren nicht so gemein. Die haben das, glaube ich, nicht einmal gemerkt mit den blöden Anziehsachen und mich immer mitspielen lassen.

Das hat den Mädchen auch nicht gefallen, aber das ist eine andere Geschichte.

Manchmal habe ich mir überlegt, ob ich mir ein Schild um den Hals hängen sollte: SCHAUT AUF MEINE INNEREN WERTE, aber dann habe ich das gelassen, weil ich ja nicht wusste, ob ich welche habe.

Aber ich habe schon gespürt, dass sich niemand auf die Suche nach meinem inneren Reichtum machen wird, wenn ich außen schon so ärmlich aussehe.

Weil ich dadurch ziemlich viel mit mir alleine war, hatte ich Zeit, über diese Dinge nachzudenken.

Irgendwann konnte ich dann selbst für mich und

meine Kleidung sorgen. Da wurde vieles anders... und ich musste noch mehr nachdenken. Denn es konnte ja nicht nur am schönen Pulli liegen, dass die anderen mich plötzlich leiden mochten?

Das ist ganz schön verzwickt, weil die Geschichte nämlich damit überhaupt nicht zu Ende ist.

Ich bin sicher, dass ich für mich das Richtige daraus gelernt habe. Aber ich habe Zweifel, ob ich auch für dich das Richtige daraus mache.

Deine Mama schimpft ab und zu ein bisschen mit mir, weil ich dir so gerne schöne Klamotten kaufe. Sie meint, das ist manchmal zu viel. Vielleicht hat sie Recht.

Denn es könnte sein, dass jemand, der immer toll aussieht – und den andere ab und zu sogar beneiden – deshalb das Nachdenken versäumt.

Also, aufgepasst, meine Süße!

Ich kann mich wahrscheinlich nicht mehr groß ändern und werde dich weiter verwöhnen, so lange ich kann.

Deshalb musst du besonders gut aufpassen und achtsam sein. Sozusagen das »innere Outfit« pflegen.

Das hört sich ein bisschen flotter an, als die »inneren Werte«.

Obwohl da was dran ist, auch wenn es verflixt altmodisch klingt ...

* * *

... «Wenn man einmal weiß, was sich gehört, dann

darf man diese Regeln ab und zu auch einmal vergessen ...«

Diesen Satz habe ich mir auch oft anhören müssen.

Immer dann, wenn die Erwachsenen etwas machten, das mir verboten war.

Meine Erzieher haben sich viel Mühe gegeben, mir »Benimm« beizubringen.

Sie haben sicher gewusst, dass ich mich ganz allein daneben benehmen kann, ohne ihre Hilfe.

Ehrlich gesagt, habe ich mir auch meistens Mühe gegeben, alles richtig zu machen. Denn Hausarrest haben oder Strafarbeiten schreiben war nicht so toll.

Darum habe ich lieber schnell gelernt, bei Tisch ordentlich zu essen, nicht mit vollem Mund zu sprechen und nicht öffentlich in der Nase zu bohren.

Bitte und danke sagen, die »richtige« Hand bei der Begrüßung zu geben, sich ordentlich zu waschen und einen »Knicks« zu machen, gehörte zu meiner Grundausbildung. (Ich wette, du weißt nicht, was ein Knicks ist... Ich mach ihn dir mal vor – und höre dich schon kichern...)

Mit den Jahren habe ich festgestellt, dass es gar nicht so schlecht ist, sich zu benehmen. Nur den Knicks habe ich mir inzwischen abgewöhnt.

Auch ich mag lieber frisch gewaschene Menschen, als verdreckte Stinker um mich haben, wobei mir die »richtige« Hand ganz egal ist. Denn was heißt schon richtig?

Es ist nämlich so, dass viele Regeln nur bei uns gelten.

In China zum Beispiel darf man bei Tisch laut rülpsen. Anderswo isst man mit den Fingern, spuckt auf den Boden und benimmt sich damit nicht schlecht.

Was bei uns falsch sein kann, ist anderswo richtig und umgekehrt. Das habe ich auch erst nach und nach begriffen.

Aber ich finde es sehr wichtig, das zu wissen ...

* * *

... Oh ja, das kenne ich gut, das Gefühl der Peinlichkeit!

Ich erinnere mich, dass es eine Zeit gegeben hat, da war mir mindestens fünfmal am Tag etwas peinlich.

Das muss ungefähr dann gewesen sein, als sich meine Brustwarzen veränderten, und ich der Tatsache ins Auge sehen musste, dass ich in absehbarer Zeit... peinlich!

Zum Glück wohnte ich nicht in Hinterzarten oder am Titicacasee. Aber dem Jadebusen im Erdkundeunterricht zu begegnen... einfach peinlich!

Beim Metzger dreiachtel Blasenschinken einkaufen zu müssen, wie peinlich!

Ganz davon zu schweigen, als ich mich zum Sitzen auf einer Wespe niederließ und ich anschließend beim Arzt ... peinlich, peinlich!

Mit dem Daumen im Mund erwischt zu werden, wie peinlich! (Das war der Zeitpunkt, an dem ich mir das Daumen lutschen endgültig abgewöhnt habe.)

Und erst als mir beim Bockspringen die Turnhosennaht geplatzt ist! Wie peinlich auch, als ich mitten im Gottesdienst furchtbar niesen musste. Oder als Gernot fälschlicherweise behauptete, ich würde mit ihm »gehen«.

Ach, ich höre lieber mit der Liste der Peinlichkeiten auf, sonst reicht das Papier nicht!

Später wurde ich clever. Statt mich während einer Bahnfahrt mit einem Liebesroman sehen zu lassen, habe ich ihn hinter dem Schutzumschlag eines Goethe-Bandes verschwinden lassen.

Da konnte ich schmökern und machte trotzdem einen gebildeten Eindruck.

Gerade fällt mir ein, dass ich kürzlich auf dem Weg zu dir, im Zug ein Mickymaus-Heft gelesen habe.

Komisch, das ist mir überhaupt nicht mehr peinlich gewesen.

Wenn ich darüber nachdenke, fällt mir auf, dass mir heutzutage nur noch selten irgendetwas wirklich peinlich ist.

Im Gegenteil ist es mir (meistens) schnurzpiepegal, was die Leute über mich denken.

So ändern sich die Zeiten. Und es würde mir auch bestimmt nichts mehr ausmachen, eine Fahrkarte nach Darmstadt zu kaufen ...

* * *

... Ich verstehe, dass es nicht ganz einsichtig ist, sich von jemandem wegen der im Zimmer rum fliegenden

Klamotten anmeckern zu lassen, der selbst nicht gerade ein Muster an Ordnungsliebe ist.

Aber in diesem »Krieg« sind keine Argumente gefragt, sondern Strategie!

Wie sag ich immer: wer faul ist, darf nicht dumm sein!

Also, egal ob oder wie geschickt du diskutierst (kostet Kraft und Nerven), es gibt Knatsch und am Ende nur eines: Du musst aufräumen ... auch wenn du stinksauer bist.

Natürlich wäre es klug, das Chaos von Anfang an in Grenzen zu halten. Noch raffinierter aber wäre (verrate mich bloß nicht!), so viel Ordnungssinn zu entwickeln, dass die Großen völlig irritiert sind und sich gar nicht erklären können, was plötzlich mit dir los ist.

So nach dem Motto: Bei mir herrscht Ordnung, der Rest ist euer Problem!

Ich lach mir schon ins Fäustchen bei diesem Gedanken ...

Damit könntest du ihr Weltbild glatt aus den Angeln heben! Denn man erwartet es geradezu, dass ein Kinderzimmer einem Saustall gleicht. (Tut es meist auch und hat mit persönlicher Note nichts zu tun.)

Tja, vielleicht lässt du dir diese Chance auch entgehen. Keinen Bock dazu oder so ähnlich. Dann warten wir halt noch ein paar Jährchen, bis dir dieser Trick einsichtig ist.

Dass er sich auch in anderen Situationen anwenden lässt, wirst du dann ohnehin schon wissen ...

* * *

… Irgendwie erwische ich nie den richtigen Zeitpunkt. Im Leben, meine ich.

Als ich fragte, woher die Babys kommen, sagte man mir, dafür sei ich noch zu klein.

Steckte ich den Daumen in den Mund, um daran zu nuckeln, hieß es, dafür sei ich nun schon viel zu groß. Zwischen den beiden Bemerkungen lagen höchstens zehn Minuten.

Da sollte einer draus schlau werden!

Heute habe ich das Problem immer noch.

Wenn ich Lust habe, ein Stück über den Bürgersteig zu hüpfen (ich gebe zu, das kommt nicht sehr oft vor), höre ich eine empörte Stimme sagen: Dafür bist du doch wohl schon ein wenig zu alt!

Zwickt es in den Gliedern, und ich stöhne ein bisschen über die Beschwerden des Alters, bekomme ich garantiert zu hören, dass ich dafür noch zu jung sei.

Siehst du, so ist das.

Und wen ich mich selbst einmal frage, ob ich nun alt oder jung bin, dann finde ich auch selten die richtige Antwort.

Wenn ich in den Spiegel schaue, ist das klar.

Die grauen Haare, die Lach- oder sonstigen Falten und die schlaffen Oberarme rufen: ALT!

Aber innen drin fühlt sich das ganz anders an.

Da kann ich beleidigt sein wie eine Dreijährige, kichern wie ein Teenie und mir vorstellen, was ich in den nächsten fünfzig Jahren noch alles machen könnte.

Dann schlägt die Phantasie Purzelbaum, auch wenn die Kniegelenke knirschen und das müde Kreuz auf das Sofa flüchten möchte.

Es ist manchmal ganz schön kompliziert, sich in diesem Durcheinander zurecht zu finden und sich nichts anmerken zu lassen.

Irgendwie habe ich zunehmend den Verdacht, dass ich erst noch ein bisschen älter werden muss, um mit dem kleinen Mädchen in mir einfach nur Spaß zu haben ...

* * *

... Mit deinen Geschichten machst du mir immer eine große Freude! (Nicht die du anstellst, sondern die du mir schreibst).

Vielleicht kannst du dich nicht mehr daran erinnern, dass du mir schon als kleines Mädchen, lange bevor du schreiben konntest, Geschichten erzählt hast?

Es hat mir gefallen, wie du angefangen hast, mit deinem Wort-Schatz zu spielen. Und es freut mich besonders, dass du damit nicht aufgehört hast, sondern mir deine Geschichten aufschreibst und schenkst.

Geschichten, Bücher und Gedichte sind immer lebenswichtig für mich gewesen.

Mit ihrer Hilfe kann ich meine Gedanken ordnen oder sie wieder finden. In andere Welten eintauchen und neue Lebensmöglichkeiten erfahren.

Die Phantasie trägt mich höher und weiter, als ein Flugzeug es könnte. Sie zeigt mir, dass Träume wirklicher als die Wirklichkeit sein können.

Es ist schön, mit dir gemeinsam auf diese Reise zu gehen, wo unsere Fragen und Antworten sich begegnen …

* * *

Es reimt sich zusammen

Kann man einen Menschenauflauf essen?
Warum heult der Weinberg? Ich hab es vergessen!
Vertrimmt der Bildhauer seine Werke?
Braucht man für den Marmorkuchen viel Stärke?
Welches Geheimnis verschweigt jede Bank?
Macht ein Windei zum Frühstück krank?
Wer trägt auf dem Kopf einen Zuckerhut?
Wem schmeckt der Scherzkeks besonders gut?
Wie laut miaut wohl der Muskelkater?
Kennt die Schraubenmutter den Vater?
Wer hat den Kindergarten gegossen?
Wen hat die Lachsalve gestern erschossen?
Zahlt so ein Schweinehund Hundesteuer?
Ist eine Bergkette schrecklich teuer?
Wie viel wiegt wohl ein Telegramm?
Braucht der Kohlkopf auch einen Kamm?
Was macht der Nachtfalter am Tage?
Das ist die Frage …

Elterngebet

Putz deine Zähne!
Ab jetzt ins Bett!
Gib endlich Ruhe!
Sei wieder nett!
Sprich nicht schon wieder mit vollem Mund!
Iss Vitamine, dann bleibst du gesund!
Halt deine Klappe! Quatsch nicht so dumm!
Schmeiß deine Schweißsocken nicht wieder rum!
Sitz endlich gerade! Füße vom Stuhl!
Guck nicht so dreist! Hältst du das für cool?
Rauchen? Ich werd dich…, sollst du es wagen!
Muss ich dir alles zwanzig mal sagen?
Um acht bis du heute pünktlich zu Haus!
Sonst ist es mit dem Taschengeld aus!
Beschmutze nicht unseren guten Namen!
Amen!

Felix ist entsetzlich faul
Felix hat ein großes Maul
Felix tritt nach Nachbars Katze
Schneidet jedem eine Fratze
Muss die kleine Schwester kneifen
Und zersticht die Fahrradreifen
Klaut beim Kaufmann um die Ecke
Und zertritt die Gartenschnecke
Schmeißt ans Küchenfenster Dreck
Nimmt dem Max den Fußball weg
Felix tut, was alle stört
Jeder findets UNERHÖRT!

Felix hat so viele Fragen
Felix möcht es Mama sagen
Mama brüllt: Lass mich in Ruh!
Felix schreit: Du blöde Kuh!

Felix will zu Papa gehen
Papa lässt ihn einfach stehen
Gönnt ihm nicht ein einzig Wort –
Und schon ist der Papa fort

Felix möcht auf Omas Schoß
Opa sagt: Du bist zu groß
Echte Kerle, die sind stark
Oma gibt ihm zwanzig Mark
Weil der Felix sie bloß stört
Felix fühlt sich UN – ERHÖRT

Was ich mir wünsche

Sonnenschein an jedem Tag
Einen Lehrer, der mich mag
Einen Freund, der fröhlich pfeift
Hosengummi, das nicht kneift
Regenbögen, Vogelsingen
Schaukeln, die zum Himmel schwingen
Käsestullen, die nicht stinken
Turnschuh, die am Absatz blinken
Wackelpudding alle Tage
Eine Elternwarn-Anlage
Pulverschnee und weiche Kragen
Antwort auf so viele Fragen
Dicke Pickel im Gesicht
MAG ICH NICHT

Schafwollschlüpfer, Baumwolljacken
Nur in Bio-Windeln kacken
Müsli und Demeter-Möhren
Auf das erste Wort stets hören
Das tat Anna, Jahr für Jahr

Dieses Musterexemplar!
Stolz der Eltern Hans und Grete
Bis zu der Geburtstagsfete
Eines Tags im Nachbarhaus
Da wars mit dem Bravsein aus

Was tat sich im Kinderzimmer?
Eltern hatten keinen Schimmer!

Statt mit Holzbausteinen bauen
Tat sie dort das Sparschwein klauen!
Schlich sich heimlich dann von hinnen
Um dem Bravsein zu entrinnen:

Pommes, Ketchup, Curry-Wurst,
Cola, Döner, welche Lust!
Schokoriegel, Barbie-Puppe
Alles war ihr plötzlich schnuppe …

Eltern ratlos, tränenblind
Hatten nun kein Musterkind!
Sanken schluchzend auf die Knie –
ANNA kam in Therapie …

Lieg ich im Bett in meinem Zimmer
Spazieren die Gedanken immer
Ganz weit hinaus
Aus meinem Haus
Und gehen zum Spaße
Durch unsere Straße
In unsere Stadt
Und eilen
Geschwind und ohne zu verweilen
Weit durch das Land
Bis an den Rand
Und schlenzen
Über die Grenzen
Durch unsren Kontinent über die Erde
Dann werde
Ich erst ganz klein
Und dann ganz groß
Ein Teil der Welt zu sein
Ist doch famos!

Klatscht der Regen an die Scheiben
Will ich nur im Zimmer bleiben
Fegt der Sturm um alle Ecken
Möcht ich mich im Bett verstecken
Kriecht der Nebel um die Bäume
Fliehe ich in meine Träume

Pfeift der Sven vor meinem Haus
Renne ich zur Türe raus
Regen klatscht mir ins Gesicht
Und ich lach – er stört mich nicht
Spielt der Sturm mit meinem Haar
Finde ich es wunderbar
Nebelschleier in den Zweigen
Tanzen den Novemberreigen

Sagt der Sven, dass er mich mag
WEICH EIN WUNDERSCHÖNER TAG

Blanke Schuhe, saubre Kragen
Immer schön die Wahrheit sagen
BITTE, DANKE nicht vergessen
Gerade sitzen bei dem Essen
Fleißig, pünktlich jederzeit
Höflich, freundlich hilfsbereit …

Vater tut mit vollem Mund
Diese Lebensregeln kund

Ordnung ist das halbe Leben
Ruft die Mutter, die soeben
Vom Kaminholz gut verdeckt
Ihre Flasche Schnaps versteckt

Das Krokofanteneledil

Der Häuptling Tituwambula
Schrie auf dem Marktplatz laut: Hurra!
Sein Diener Mongo hatte gestern
Von seinen sieben großen Schwestern
Zum Regenbogenfest bekommen
(Was Tituwambula vernommen
Weil er schon lange darauf scharf
Und nur ein Häuptling haben darf)
Ein KROKOFANTENELEDIL
Zweifünfzig lang, von Kopf bis Stiel
Mit rotem Leib, grasgrünem Kopf
Und lilaschwarzem Hängezopf

Nun trommelte mit Bambusstock
Kassongo einen Urwaldrock
Und Battistanda, seine Frau
Stahl ihm sofort die ganze Show
Weil sie mit einem Krokodil
Lambada tanzte – mit viel Stil

Es flackerten die Urwaldfeuer
Ein Löwe brüllte ungeheuer
Moskitos schwirrten durch die Nacht
Als die Hyäne lauthals lacht

Das Krokofanteneledil
Hielt sich heraus aus diesem Spiel
Sein leises Schnarchen war zu hören
Ansonsten ließ es sich nicht stören …

Ein dicker, fetter Regenwurm
Stieg einmal auf den Aussichtsturm
Er sah nach Norden, Süden, Westen
Und fand die Aussicht dort am besten
Wo er, nah an des Turmes Rand
Den Blick in weite Landschaft fand
Und, weil auch Würmern dies gefällt,
Dacht er: »Wie schön ist diese Welt«
Bevor er, durch des Schicksals Spiel
Ganz plötzlich in die Tiefe fiel
Jedoch zum Glück für Leib und Leben
Nicht auf Asphalt, gerad daneben
Dort wo der Rhododendron steht
Gleich mitten in ein Rosenbeet
Kaum konnt er sich vom Schreck erholen
Da naht ein Huhn auf leisen Sohlen
Und pickt und hackt und nebenbei
Macht es aus unserem Wurme zwei
Verspeist Teil eins, verschmäht Teil zwei
Stolziert davon und legt ein Ei
Der halbe Wurm mit halbem Schmerz
Fasst auf der Stelle sich ein Herz
Gräbt schnell im Rosenbeet sich unter
Und ist bald wieder richtig munter
Er gräbt und kriecht, er findet's heiter
Gemächlich unterirdisch weiter
Und ist nach dreiundzwanzig Wochen
Bis hin nach Leiberstung gekrochen
Dort wird in Wiese oder Garten

Der kleine Schelm dich schon erwarten
Und siehst du einmal dieses Tier
Dann grüß es bitte schön von mir

Wunschträume

Eine Nacht mal in der Disco rappen
Toll mich stylen, geil mich aufzupeppen
Eine tolle Vollmondparty machen
Musik hören, bis die Ohren krachen
Mit Olli in die Spätvorstellung gehen
Bis Mitternacht noch vor der Haustür stehen
Doch alles das darf niemals sein
Der Vater sagt: DAFÜR BIST DU ZU KLEIN!

Doch manchmal möchte ich mit meiner Barbie spie-
len
Und Vaters Arme fest um meinen Nacken fühlen
Da sehn ich mich auf Mutters warmen Schoß
Doch dann heißt es: DU BIST DOCH VIEL ZU GROSS!

Ein kleines Lachen
Fuhr mit dem Nachen
Im See, dem flachen
Da gabs ein Krachen

Es flog ins Schilfe
Und rief um Hilfe

Und die Libelle
War gleich zur Stelle
Ritt auf der Welle
Denn sie war helle

Auf zartem Flügel
Flogs über Hügel
Und nun ganz sicher
Wurds zum Gekicher

Nur zu …

Kurt muss zur Kur
Und Gudrun murrt
Stups, Gudruns Hund
Zupft Kurt und knurrt
Tut Unmut kund
Kurt stur und schubst flugs Gudruns Hund
Kurzum durch Husum, Hund wurds bunt
Zurrt Kurt zum Fluss
Tunkt Kurt – und Schluss

Nun, kurz und stumm schluchzt Gudrun nur
Gudrun ruft Lutz – und fuhr zur Kur

Herr Schulze fühlt sich fast vom Himmel auserkoren
Ein Deutscher (Wessi), richtige Religion
Natürlich ist er ehelich geboren
Ein Siebenmonatskind, wer weiß das schon.

Rechtschaffen, fleißig, niemals tief gesunken
So zeigt sich seine Ahnengalerie
Dass seine Mutter heimlich hat getrunken
Nun, das erfuhr man im dem Dorfe nie.

Korrekt bezahlt er seine Steuern, wie es heißt
Und sich für einen guten Bürger schickt
Dass gründlich das Finanzamt er bescheißt
Ist schließlich nur ein Kavaliersdelikt

Zwei Kinder, Häuschen, Garten, eine Frau
Die rundum fleißig, sauber und adrett
Hier funktioniert die Ordnung noch genau
Doch seine Kinder machen nachts ins Bett

Ausländer? Nun, die muss man leben lassen
Da gibt es nichts, da ist er tolerant
Natürlich haben die sich anzupassen!
Sie leben schließlich hier in SEINEM Land!

Wer nicht deutsch redet, hat hier nichts verloren
Dass die das lernen, wird wohl langsam Zeit
Ein paar sind schließlich hier sogar geboren
Doch seinen Dialekt zu sprechen, geht zu weit

Die jungen Mädchen mit den schwarzen Augen
Die sieht er sich zwar heimlich gerne an

Natürlich ist ihm klar, dass die nichts taugen
Das weiß doch schließlich jeder rechte Mann!

Herr Schulze ist vom Himmel ausersehen
Ein wahrer Mensch, den jeder schätzt und liebt
So wird er seinen Weg zu Ende gehen
Und niemals wissen, dass es Zweifel gibt